朵貝‧楊笙經典童話：姆米系列全集

《姆米谷彗星來襲》　《姆米一家的瘋狂夏日》　《姆米爸爸航海記》

《姆米一家與魔法帽》　《姆米的冬季探險》　《姆米谷的奇妙居民》

《姆米爸爸的冒險故事》　《姆米谷的小寓言》　《姆米與大洪水》

U0027563

專家一致推薦

北歐四季 涂翠珊 ｜作家、部落客

杜 明 城 ｜台東大學兒文所副教授

李 瑾 倫 ｜繪本作家

林 文 寶 ｜台東大學榮譽教授

林　　良 ｜作家

邱 各 容 ｜教授、中華民國兒童文學學會理事長

幸 佳 慧 ｜作家

海狗房東 ｜繪本鑑賞與說故事小學堂主辦人

張 子 樟 ｜前台東大學兒童文學研究所所長

陶樂蒂 ｜作家

凱莉哥 ｜親子部落客

彭菊仙 ｜親職作家

黃筱茵 ｜資深童書翻譯評論者

賴 馬 ｜繪本作家

賴嘉綾 ｜作家、繪本書評

顏銘新 ｜小茉莉親子共讀

羅怡君 ｜親職溝通作家

陳培瑜 ｜凱風卡瑪兒童書店創辦人

（依姓名筆畫排序）

目錄

名家導讀

寧靜的冒險：朵貝‧楊笙的書畫天地

杜明城 | 國立台東大學兒童文學研究所副教授

　　即使在英語世界，相較於其他的童話大家，朵貝‧楊笙是相對容易受到忽略的。不但概論性的兒童文學書籍對於「姆米系列」叢書鮮少著墨，就連學術性的專論也都只有偶爾帶上一筆。這與此叢書的重要地位形成一個不小的落差，相較於由此衍生的影像商品及其他文化商品的盛行，頗令人費解，台灣的讀者對作品的陌生也就更不足為奇了。作者是芬蘭人，用瑞典文創作，也因此偏離了以英文、法文、德文為主的童話主流傳統，較不易被納入西方兒童文學固有的分類系統，或許可以解釋這個偏差現象。殊不知唯其如此，方更能彰顯「姆米系列」的獨特趣味與民族風采。和西貝流士的《芬蘭頌》一樣，楊笙藉著簡樸的文字、清新的素描，讓我們藉著故事和圖像，默喻了這個民族不凡的心靈。

　　楊笙一九一四年出生於赫爾辛基，父母都是藝術家，她想必是承襲了雙親的才華，十五歲以後進入藝術學校，先後就讀於德國、義大利、法國和倫敦。第一部作品《姆米與大洪水》發表於一九四五年，隔年出版姆米系列首部小說《姆米谷彗星來襲》。她也出版一般成人小說，《太陽城》（*Sun City*）是其中最知名的一部。她同時也是插畫家，除了為自己的故事繪圖，插畫作品還包括《愛麗絲夢遊記》。楊笙終生未嫁，

二○○一年辭世時已是全芬蘭最知名的作家，她的名望當然主要建立在共九卷的「姆米系列」。

　　一流的作家經常為我們開創形形色色的天地，閱讀楊笙的作品會讓我聯想到托爾金的《哈比人》與《魔戒》，或者是勒瑰恩的「地海巫師系列」。這是三個截然不同的世界，托爾金的創作在為盎格魯撒克遜民族開創自己的史詩，主要的情節是權力與戰爭，角色充斥著英雄、精靈、神獸、魔怪。「地海巫師系列」故事的場景坐落在蒼茫的海域，以魔法作為隱喻，主題是生命意義的探討。兩者的格局都是大論述，故事精采，但讀來一點也不輕鬆。「姆米系列」的場景則是位於山谷，儘管風雨雷電無一不缺，但精神面貌卻是幽靜的，自然界的威脅無非是寧靜的襯托。所以，楊笙的世界其實更貼近米恩的「小熊維尼系列」，天地不是那麼遼闊，溫溫厚厚的宛如夢境般醉人。然而，姆米谷的寧靜並非恆態，每則故事都蘊含著冒險。友情是「小熊維尼系列」的核心價值，在「姆米系列」則是以母親為砥柱的家庭。米恩的故事像童話，而楊笙的故事則介於童話與小說之間。故事中每個篇章的開頭來個故事摘要，類似十九世紀英國小說家的風格。我們很難將姆米故事歸為滑稽文學，因為它所隱含的現實意義超過純粹的閱讀娛樂。讀者可以偏愛任何作家創造的宇宙類型，但每個天地都各有所長，兒童文學論述少了「姆米系列」是重大的遺漏，而讀者錯過了這部著作則是不可言喻的損失。

　　楊笙的故事由自己插畫，兩者相互輝映，如同薛柏德擔任插圖的「小熊維尼系列」一樣，已經成為無法切割的整體。主角姆米家族的造型，被解讀為兩足的河馬，也有人視之為北歐地區的雪怪。這種介於人、獸、精靈之間的造物，也許是芬蘭民族特有的想像。楊笙畫筆下的大自然，不管是鳥類植物、山川溪谷、結冰的湖泊、白雪覆蓋的森林、雷雨閃電，寥寥數筆就令人聯想芬蘭群島的地理與氣候景觀。所以，楊笙的

故事似乎介於虛實之間，不但有山川的速寫，也隱約感受得到歷史的投射。所以，姆米故事並不是純粹的想像文學。譬如，《姆米谷彗星來襲》反映了二次大戰期間，芬蘭遭俄國入侵，繼而被德國占領，故事中的蝗蟲過境、怪風肆虐，乃至彗星降臨，都反映了芬蘭人民的心境。然而楊笙的樂觀筆調堅信災難必會止歇，姆米谷即是避風港，而冒險仍將持續。作者表達了少數文化藉由家庭而獲得保存，進而獲得國族認同。

人物的刻畫是姆米系列故事能歷久彌新的主因，書中的幾位要角各個都成為個性鮮明的人物類型，有沉著能幹、一貫樂觀的姆米媽媽，熱愛冒險、喜歡思考、好為人師的姆米爸爸，有點造作、愛好珠寶、膚色隨情緒變化的司諾克小姐，隨時躺在吊床懶得動彈的哲學家麝香鼠，喜歡吹口琴、旅行和釣魚的司那夫金，長得像袋鼠的膽小鬼史尼夫，常製造小亂子的米妮，長得像白蘆筍的溜溜，總是不開心的米沙，像山精一般會降禍的莫蘭，有蒐集癖的亨姆廉，還有喜歡貝殼石頭、膽大心細的主角姆米托魯。一般童話並不強調人物性格，這也造成姆米故事文學類型的模糊。童書的角色不多，但各個都呼之欲出，只有一流的小說才有的境界，楊笙已是不遑多讓。故事中種種人物的造型，幾乎已經成為芬蘭的當代文化象徵，每位角色似乎都能在我們的生活周遭找到對照人物。我們大都在閱讀姆米故事之前就先認識了這些圖像，他們好像親善使節團，熱鬧呼呼的引領我們到千湖的國度。

有人認為姆米故事適宜高聲朗讀，也有人主張讓大孩子默默閱讀，對我而言，則是觀圖的趣味不下於文字欣賞。一個作者能有多種讀法殊為難得，無論如何，且讓我們追隨楊笙的筆觸，在冒險中安然的走進寧靜。

我們都在姆米谷裡

幸佳慧 | 作家

　　我第一次讀姆米谷時，還是個青少年，那時的我被姆米谷裡所有異於人類世界的邏輯與現象給深深迷惑：姆米媽媽那個無所不有的皮包、那頂把蛋殼變雲朵的帽子、各種奇妙角色與所有「活的」自然現象，讓我總歸出「我好想活在姆米谷」的純真想像。爾後，在我幾次重新閱讀的經驗裡，我在這種烏托邦的嚮往之外才又慢慢的看見其他的景象。

戰爭的催生與投射

　　楊笙出生於藝術家庭，自然的，她日後也踏上藝術之路。只是，當時芬蘭的社會仍強烈要求女性安於家庭「煮」婦的角色，楊笙知道自己即便做一名繪畫教師，重複冗長又無創意的教學生活都會使她窒息，因此她出社會後一直希望證明自己能以創作維生。

她先是幫雜誌做插畫，但當時本是中立國的芬蘭卻捲入二次世界大戰，先是蘇聯入侵，後有德國納粹侵擾。芬蘭不得已只好和納粹合作抵禦蘇聯。戰爭讓無數的家庭破碎，楊笙一家人都活在恐懼中，她也因此在雜誌上畫了一系列諷刺畫以表達她對戰爭、納粹與蘇聯的厭惡。

她在寫給好友的信中說出她的絕望：「這根本就是男人的戰爭，如果我結婚，要不是個很糟的畫家就是個很糟的妻子，我根本也不想要有小孩，那只會讓他們死於未來的戰爭之中。」

楊笙在這種女性壓抑與親友分離的折磨中，逐漸凝聚了女權主義意識。她在知道自己將與傳統家庭絕緣後，便從創作中醞釀了有個完美家庭的姆米谷。在姆米谷裡，她建立自己的理想國，也宣洩現實生活裡的不安，「姆米系列」前幾本書裡的洪水與彗星來襲，就出現戰時難民與家人失散的影子，彗星更是炸彈的具體隱喻，這些都傳達了戰爭對於人類的威脅。

姆米谷的萬物包容

楊笙處理女權意識的方式，是先將當時社會對女性貶抑的話語直接攤在故事對話裡，好讓讀者直接感受那些對女性打壓的不當之處。在裡層，她則安插一些角色與橋段來平反這些刻板印象，像是直率又獨立的米妮與智勇雙全的杜滴滴，即使完美的姆米媽媽在面對姆米爸爸表現出過分的族長威權時，也會擺出剛柔並進的女權姿態。

姆米谷裡的角色看起來代表了幾個原型，但事實上他們也跟我們有著互補關係，例如我們或許會期望自己能有姆米媽媽善體人意又處事圓融的典範，但實際上我們更像是有點任性的姆米托魯，想法跟作法時常不斷的自我衝突或辯證，但也在每次衝突或錯誤中逐漸成熟。

又如我們不喜歡沒有幽默感又老是自以為是的亨姆廉，卻也發現自己少了他的擇善固執。我們或許討厭米妮毫不留情的回應，卻又羨慕她無所畏懼的犀利直言。我們嚮往成為毫無牽掛、處處為家的哲人司那夫金，卻也不得不承認自己身上有著膽怯而依賴姆米媽媽的史尼夫影子。

細細察覺這些角色特性，會發現我們生活周遭不但有這些身影，他們也同時在一個人身上或多或少的重疊。就像莫蘭，他就代表了每個人對某些事情的畏懼心態，那種特質因為使人陷入孤立的冰冷與假想的威脅裡，而讓人更想逃避，但其實「恐懼」並不會傷害人，相反的他也很渴望煤油燈的溫亮，不是？！

另外，先前提到楊笙為了從傳統女性的規範中爭取自主可以選擇不結婚，但她還有另一個壓抑是來自她的同志身分，這也可以在姆米谷中窺探一二。楊笙的好友也是她的傳記學者作家衛斯汀（Boel Westin）明白指出，故事裡的托夫斯藍和碧芙斯藍是同志的化身：他們個兒小、無性別標示、話不多且有獨特語言、兩人永遠親密的手牽手並攜帶著一個神祕箱子，箱子裡藏的紅寶石象徵他們不能隨便對外人顯露卻很珍貴的愛情。

後來，楊笙遇到她終身伴侶杜利奇（Tuulikki Pietilä）時，因為深受她啟發還把她寫進《姆米的冬季歷險》裡，楊笙不只直接用杜利奇的暱稱「杜滴滴」，也直接以她的模樣造型。她說，就像杜滴滴教會姆米托魯了解冬天並讓他獲得解放一樣，杜利奇也教會她面對現實生活裡的種種艱難。

因此，儘管姆米谷反應了當時芬蘭戰時的紛擾與保守的束縛，楊笙在這個地基上仍另闢一個讓人喜愛的國度，姆米谷的每個角色總是彼此包容、接納對方，那裡的一切反應了我們每個人的局限，卻也召喚我們可以不斷突破的潛力——這就是我最喜愛姆米谷的地方。

從變幻無窮的自然界孕育出的動人童話

黃筱茵｜資深童書翻譯評論者

　　安徒生大獎得主朵貝・楊笙以她居住了三十年的芬蘭峽灣作為姆米谷的原型，編織了一系列有淚水也有歡笑的姆米谷故事。朵貝・楊笙一共為姆米谷寫了九本書，從一九四五年《姆米谷的大洪水》出版，其後在二十六年間陸陸續續推出姆米與他性格鮮明的家人，還有姆米谷居民扣人心弦的生活記事。四季的更迭變動、自然界震撼的力量與各式各樣角色殊異的特質及互動在書中隨手可見，姆米谷令人回味再三的奇妙故事也被翻譯為三十四種語言，在全世界流傳。

　　姆米系列故事是一套內涵非常豐厚的作品。讀者可以由各個不同角度解讀故事情節與角色的特質，也會依隨自身年歲的積累，理解作品中精靈般跳動的智慧，以及與生命境況相呼應的情懷。芬蘭冬日漫長，氣候嚴寒，夏日美麗卻短暫。我們在故事裡不時看見姆米托魯和他的好朋友史尼夫穿梭在大自然間，忙進忙出，一下子爬到山頂眺望、一下子躍入海中游泳，他們在戶外歷險中成長，倚賴彼此的優點解決眼前形形色色的困難。故事對大自然的力量與景致多所著墨，讀者在閱讀時，簡直像親自踏進姆米谷，領略自然帶來的美好生活與挑戰。

朵貝‧楊笙承繼父母波希米亞式的藝術家觀點，在她的作品中真誠的展露對他者的理解與包容。一九一四年出生於芬蘭的赫爾辛基，她的父親是雕刻家，母親是商業設計插畫家。早慧的她，才十四歲，作品就刊登在雜誌的兒童欄位，十五歲開始為雜誌繪製插圖。姆米的前身是朵貝‧楊笙繪製在反戰諷刺漫畫上、外形近似河馬的角色。日後的一系列書冊，則是她在二次世界大戰越演越烈時，為尋求內心安慰發展出來的幻想故事。

　　一九四六年出版的《姆米谷彗星來襲》儘管是姆米系列第二部作品，卻是第一部受到讀者認可的姆米故事。故事中直奔姆米谷的巨大彗星，很明顯的會讓讀者聯想到二次大戰期間頻仍出現的空襲轟炸。故事才開始不久，姆米托魯和好友就發現巨大的

彗星即將衝向地球。他倆在外出到返家的過程中遭遇許多危險，故事也循序對讀者引介了司那夫金、司諾克和司諾克小姐，還有亨姆廉等重要角色。讀者在閱讀故事時，很可能會因為灼熱的彗星逼近地球，毀滅許多自然生態而焦急不已；當我們看到海水因為大地過熱而乾枯，所有姆米谷的居民攜家帶眷，打包所有家當逃離自己的居所時，腦中真的會出現，有朝一日地球資源枯竭，世界瀕臨毀滅的擔憂。

我個人最喜歡反覆體會故事中各個角色迥然相異的觀點與性格。姆米托魯充滿好奇心也勇於面對困難，而且好心腸又樂於助人。在故事中，眼見彗星很快就要撞擊地球，姆米托魯還是不顧自己的生命危險，衝出大家藏身的洞穴，去解救來不及趕到山洞的絲絨猴。他的好友司那夫金和史尼夫個性大異其趣：前者是喜愛獨處的哲學旅人，後者生性衝動卻是忠實的好朋友。貫穿系列故事的另一個重要角色，是姆米托魯的媽媽。姆米媽媽是依朵貝 · 楊笙自己母親的性格幻化的角色。在故事中，姆米媽媽每天溫厚務實的為家中大小準備三餐，對孩子們接納付出，無論遇到任何棘手狀況都會靜靜為大家解決困難。姆米媽媽總是繫著圍裙，帶著端莊的黑色手提包，隨時隨地準備為大家打包食物和任何需要的東西。她對孩子和所有朋友包容寬厚，給他們每個人很大的探索空間。就連面臨姆米托魯要和好友史尼夫出外探詢彗星的走勢這樣未可知的狀況時，姆米媽媽依舊溫和沉靜的幫孩子打包滿滿的背包（她在背包裡塞進羊毛襪、三明治、雨傘和平底鍋！）同時，姆米家也因為接納所有朋友，家裡的人口越住越多，最後兩層樓的住家住得滿滿的，每位朋友都在這裡以各自的方式安心生活。

姆米谷的生活充滿令人驚嘆的大小事，這裡的居民卻保有奇異的和諧關係，或許就是因為他們十分尊重彼此的差異。這系列的故事值得一讀再讀，我每讀一回，就更喜愛與嚮往姆米谷的一切！

歷經黑暗與苦難之後，才能看得見陽光

顏銘新｜小茉莉親子共讀

　　一九四五年，人類史上歷時最久、規模最大、傷亡最慘的第二次世界大戰結束。二戰令許多家庭生活困頓，甚或顛沛流離，然而有些人雖然歷經苦難且物質匱乏，但心靈卻能平和豐足，創造出想像的桃花源，撫平身心受創的人們。一九四〇年代奧德利牧師「湯瑪士小火車」系列故事的原作《三個火車頭》、懷特的《一家之鼠》、克勞斯的《胡蘿蔔種子》、林格倫的《長襪皮皮》和朵貝・楊笙的《姆米與大洪水》相繼出版。英國兒童文學學者彼得・杭特說，二戰激起了奇幻文學的多元開展。

　　戰爭中的人們「懷著最美的憧憬，備著最差的打算。」米妮在《姆米谷的小寓言》中這樣的說過。

　　《姆米與大洪水》的故事從起心動念到付梓出書剛好是二戰的爆發和終止，戰爭，堪稱是姆米的共同作者之一。二戰之前，朵貝‧楊笙所在的芬蘭早被戰火蹂躪多年。一九一四年她出生於赫爾辛基，當年的芬蘭並不是一個獨立的國家，而是俄羅斯帝國的屬國，一九一八年發生獨立戰爭，一九三九年又有冬季戰爭。她十五歲開始幫芬蘭的瑞典文雜誌〈Garm〉繪製插畫和封面，她十五歲起開始幫芬蘭的瑞典文雜誌〈Garm〉繪製插畫和封面，早在姆米的故事獨立成冊之前，自一九四〇年代初，她便經常在繪製〈Garm〉封面時，將姆米的形象畫在簽名旁邊作為畫家落款的一部分，或者是在雜誌中的一些反希特勒漫畫裡也添上一些姆米的塗鴉以添趣味。

《姆米與大洪水》戰後在北方冰冷的一隅悄悄上市，隔年只賣出了兩百一十九本，但朵貝‧楊笙秉持著對自然萬物的真情，順應四時變化，摹寫人類相憐互愛的心性。而歷經二十五年創作的姆米故事，如今已成為全世界共通的童話，《黑暗元素三部曲》作者菲利普‧普曼說朵貝‧楊笙是個天才，應該頒給她一座諾貝爾獎。姆米在二戰後受難最劇的日本尤其受到歡迎。對於朵貝‧楊笙和許多受過戰亂所苦的人們，或是剛剛才開始要接受歷練的稚嫩人生來說，姆米的許多冒險經歷給我們帶來遭受磨難時所需要的樂趣和勇氣。

　　「如果不勇敢過去，怎麼找得到陽光呢？」姆米托魯在《姆米與大洪水》中穿越黑沼澤時，是這樣告訴小不點史尼夫的。

一起進入姆米谷的世界

大大的鼻子和白色又圓潤的肚子，還有一雙圓滾滾的眼睛，他們是姆米一家。姆米家的成員有：勇敢單純的姆米托魯、溫柔又值得信賴的姆米媽媽、總是思考深奧哲學的姆米爸爸。他們還有許多個性迥異、各具特色的朋友，像是：頑皮搗蛋的米妮、熱愛孤獨與自由的旅人司那夫金、愛美的司諾克小姐……

一九四五年，楊笙的第一本作品《姆米與大洪水》出版，描述姆米托魯和媽媽在洪水中尋找失散的爸爸。接著，姆米谷的時令從夏季到冬季，再延續到秋天。途中經歷了姆米一家的夏日探險、姆米托魯從冬眠中甦醒的神祕旅程，再由姆米爸爸帶著姆米一家前往遙遠小島，最後在冬季來臨前回到姆米谷與朋友團圓。

1. 姆米是河馬還是精靈？

姆米圓滾滾的外型經常被認為是河馬，但其實他們與河馬並沒有任何關係！從姆米托魯（Moomintroll）的名字就可以看出端倪，troll 是傳說中會出現在深山裡的雪怪，所以姆米是一種雪怪，也可以看成是小精靈！

2. 姆米系列是怎麼誕生的？

第二次世界大戰爆發時，楊笙痛心於戰爭的殘酷，腦中開始構思一個沒有仇恨與暴力的世界，也就是坐落於山中祕境、住著姆米一家與朋友的姆米谷。

姆米系列的角色是楊笙融合在現實生活中所遇到的人，尤其是她的家人。據說，楊笙一開始是想創作出一個醜陋古怪的精靈來取笑弟弟的長相，想不到逗趣可愛的模

樣廣受大家的喜愛，風靡至今。除此之外，作者現實生活中的伴侶化身為故事中的杜滴滴，而她本人則是綜合了姆米以及米妮的個性！

3. 姆米的改編作品有哪些？

「姆米系列」九冊經典巨作歷時二十五年創作，多次被改編電影、舞台劇和卡通。日本富士電視台於一九六九年與一九七二年製作的動畫版本則在一百多個國家播出，是享譽全世界的童話故事。

一九九二年，黏土定格動畫電影「姆米谷彗星來襲」上映，並由冰島著名歌手碧玉演唱主題曲。

二〇一五年，為紀念朵貝楊笙百年冥誕，「姆米漫遊蔚藍海岸」（Moomins on the Riviera）電影問世，是史上首部手繪姆米電影。在芬蘭上映蟬聯雙週票房冠軍，勇奪芬蘭年度票房前十名，也在許多國家上映。

4. 姆米谷不只是可愛的童話故事？

在「姆米系列」裡，有許多個性迥異的角色，他們代表的往往不只有單一面貌的個性。姆米托魯纖細而溫柔，卻也因此有些懦弱，被米妮說是「牆頭草」；米妮頑皮搗蛋，喜愛災禍與惡作劇，但也是最能夠洞悉事情的人；而獨善其身的浪人司那夫金雖然睿智又逍遙，卻也總是置身事外。這些角色形塑了姆米谷的多重面向，姆米谷發生的任何小事件都像是現實社會、日常生活的縮影。「姆米系列」不只是給孩子看的經典童話故事，還能貼近我們生活中各種議題與人性。

登場角色介紹

姆米托魯 Moomintroll

姆米故事的主角，對任何事物都充滿好奇心。
姆米托魯喜歡在大海游泳、蒐集貝殼，和朋友
到未知的地方探險。

姆米媽媽 Moominmamma

溫柔又慈祥的母親，是姆米一家的中心。對於所有造訪姆米家的客人都溫暖的迎接，細心照顧他們。

姆米爸爸 Moominpappa

姆米家的父親，喜好哲學思想。雖然嚮往著獨自流浪，但是對姆米爸爸而言，保護家人是他最重大的責任。

史尼夫 Sniff

姆米托魯的好朋友，個性膽小但是崇尚冒險，喜歡擁有各種美麗的寶物。

米妮 Little My

姆米一家收養的孩子。米妮頑皮搗蛋，喜愛災禍與惡作劇，但也總是最能夠洞悉事情真相。

司那夫金 Snufkin

姆米托魯的好朋友，到處旅行、釣魚、吹口琴。當冬季來臨時，司那夫金就會離開姆米谷，前往南方流浪。

溜溜 The Hattifatteners

全身白色、長滿觸手的生物，喜歡暴風雷雨。不會說話也聽不懂別人的話，但溜溜彼此之間似乎能夠以電流溝通。

司諾克 Snork

姆米托魯在路上遇見的司諾克兄妹，長得和姆米家族幾乎一樣。而身為哥哥的司諾克喜歡計算數字，總是建議大家開會解決問題。

司諾克小姐 Snork Maiden

司諾克的妹妹，是個青春的女孩，有著金色的漂亮劉海，身體會隨著心情而改變顏色。

莫蘭 The Groke

莫蘭冰冷又灰暗，看起來就像是一團冰塊。莫蘭喜歡靠近溫暖的火把，並一屁股坐上去。凡是她坐過的地方，花草都會枯萎，只留下一片冰霜。

杜滴滴 Too-Ticky

冬天時居住在海水浴場更衣室的女孩，與一群隱形老鼠為伴。當姆米托魯從冬眠醒來時，是杜滴滴教導他如何與冬季的萬物相處。

老祖先 The Ancestor

姆米一族的老祖先，原本住在更衣室的衣櫃，被姆米托魯吵醒後，改成定居於姆米家的大壁爐裡。

米寶姊姊 Mymble

米妮的姊姊，有著一頭引以為傲的紅色長髮。米寶姊姊喜歡跳舞，自由自在而且無憂無慮。

姆米世界背後的推手：朵貝・楊笙創作年表

1914	朵貝 ・ 楊笙出生於芬蘭赫爾辛基
1930	留學瑞典
1933	就讀雅典姆美術大學
1943	在赫爾辛基舉辦首次個展
1945	第一部姆米作品《姆米與大洪水》出版
1945	第一部繪本作品《後來怎麼了》出版
1946	《姆米谷彗星來襲》出版
1949	《姆米谷彗星來襲》改編戲劇在芬蘭的圖爾庫市上演
1954	開始在英國《標準晚報》連載姆米漫畫
1959	首部姆米電視影集以木偶戲的方式在德國播出。
1963	獲頒芬蘭「國家兒童文學獎」
1966	朵貝 ・ 楊笙榮獲兒童文學界最高榮譽「國際安徒生大獎」
1969	姆米動畫影集在日本開始播放
1970	最後一部姆米故事《姆米谷的奇妙居民》出版

1976	朵貝·楊笙獲芬蘭的三大官方勳章之一「芬蘭獎章」（Order of the Lion of Finland）
1974	姆米改編歌劇在赫爾辛基首映
1986	朵貝·楊笙捐贈姆米系列原畫給美術館
1987	坦佩雷市立美術館創立姆米美術館，展示楊笙捐贈的兩千多件原畫
1989	北美重新出版姆米系列
1990	Telecable 電視公司製作一百零四集的姆米卡通，版權銷售至六十個國家
1992	姆米主題樂園在芬蘭的度假勝地楠塔利鎮開幕
2001	朵貝·楊笙逝世。
2004	芬蘭發行姆米與朵貝·楊笙紀念硬幣
2006	姆米漫畫英文版上市
2015	紀念朵貝·楊笙誕生一百週年，姆米誕生以來第一部全手繪的長篇動畫電影「嚕嚕米漫遊蔚藍海岸」（Moomins on the Riviera）電影問世。在芬蘭上映蟬聯雙週票房冠軍，勇奪芬蘭年度票房前十名，日本、台灣亦上映。

小麥田